Mein Heinrich Schliemann
Eine etwas andere Liebesgeschichte aus
Rostock

Herold zu Moschdehner

Mein Heinrich Schliemann

Eine etwas andere Liebesgeschichte aus Rostock

Bibliografische Information der Deutschen Nationalbibliothek
Die Deutsche Nationalbibliothek verzeichnet diese Publikation in der Deutschen Nationalbibliografie; detaillierte bibliografische Daten sind im Internet über http://dnb.d-nb.de abrufbar.

ISBN: 978-3-7693-0720-7

Vorwort

In dieser packenden Geschichte über
unermüdliche Sehnsucht und obsessive Liebe
nehmen wir an den Gedanken und Gefühlen von
Sandra Lohme teil, einer jungen Frau, deren Herz
für den berühmten Archäologen Heinrich
Schliemann schlägt. Was als zarte Bewunderung
beginnt, verwandelt sich schnell in eine manische
Besessenheit, die sie in die Abgründe ihrer
eigenen Psyche führt.
„Herold zu Moschdehner: Mein Heinrich
Schliemann – Eine Liebesgeschichte aus Rostock"
offenbart die innere Zerrissenheit einer Frau, die
sich in den Strudel ihrer eigenen Emotionen
begibt und dabei die Grenze zwischen Liebe und
Obsession überschreitet. Während sie sich in ihren
Fantasien verliert, wird der Leser Zeuge, wie aus
einer hoffnungsvollen Schwärmerei eine
gefährliche Besessenheit entsteht.
Sandras Unfähigkeit, die Realität von ihrer
Vorstellung zu trennen, führt sie dazu, einen
drastischen Plan zu schmieden, um ihre Liebe zu
beweisen. In einem letzten verzweifelten Versuch,
Heinrichs Zuneigung zu gewinnen, entscheidet sie
sich für eine extreme und beängstigende
Maßnahme, die nicht nur ihr eigenes Schicksal,
sondern auch das von Heinrich für immer
verändern könnte.
Diese Geschichte ist nicht nur eine Erzählung über
unerwiderte Liebe, sondern auch eine
eindringliche Betrachtung der menschlichen
Psyche und der Gefahren, die entstehen, wenn
der Wunsch nach Verbindung in Besessenheit

umschlägt. Während die Grenzen zwischen Realität und Wahn verschwimmen, wird klar, dass Liebe nicht immer das ist, was sie zu sein scheint. Begleiten Sie Sandra auf ihrer bewegenden und zugleich verstörenden Reise und erleben Sie, wie eine scheinbar harmlose Bewunderung in einen tiefen Abgrund von Obsession und Verzweiflung führen kann. Seien Sie bereit, in die Dunkelheit ihrer Gedanken einzutauchen und die schockierenden Wendungen dieser Liebesgeschichte zu entdecken.

Kapitel 1: Ein Blick, der nicht zu mir gehört

18. August 1840

Liebes Tagebuch,
heute war ein weiterer Tag, an dem ich in Gedanken an ihn verloren war. Heinrich Schliemann, dieser faszinierende Mann, von dem ich so oft träume, hat mich wieder mit seinem strahlenden Lächeln und seinen leidenschaftlichen Gesprächen über die Antike in den Bann gezogen. Aber wird er mich jemals wahrnehmen? Wird er je erkennen, dass ich existiere? Diese Fragen quälen mich, während ich hier sitze und alles aufschreibe.
Es war beim Stadtfest in Rostock, als ich ihn zum ersten Mal sah. Die Luft war erfüllt von fröhlichem Gelächter und dem Duft von gebrannten Mandeln, und ich fühlte mich wie ein Schatten in einer bunten Welt. Während die Menschen um mich herum tanzten und lachten, stand Heinrich dort, umgeben von Freunden, mit einer Aura, die alle anziehend wirkte. Er war so lebhaft und voller Energie, dass ich für einen Moment vergessen konnte, wie klein und unbedeutend ich mich fühlte.
Ich habe es immer wieder versucht, mich ihm zu nähern, aber jedes Mal hielt mich die Angst zurück. Was könnte ich ihm sagen? Ich bin nur Sandra Lohme – ein gewöhnliches Mädchen, das in einem Meer von Gesichtern untergeht. Ich bin nicht die strahlende Persönlichkeit, die er wahrscheinlich erwartet. Vielmehr bin ich die stille

Beobachterin, die in der Menge steht und sich fragt, ob er mich je bemerken wird.

Heute Abend konnte ich es nicht anders: Ich beobachtete ihn aus der Ferne, während er mit seinen Freunden sprach. Sein Lachen hallte in meinen Ohren, und ich fühlte, wie mein Herz vor Sehnsucht raste. Ich wollte ihm so gerne sagen, wie ich mich fühle, aber die Worte blieben mir im Hals stecken. Was, wenn er mich auslacht? Was, wenn ich ihm nichts bedeute?

Es war, als ob ich in einem Traum gefangen war, aus dem ich nicht aufwachen konnte. Ich träume von ihm, von seiner Wärme und seinem strahlenden Lächeln, aber die Realität ist viel grausamer. Ich bin diejenige, die im Hintergrund bleibt, diejenige, die nie genug Mut hat, einen Schritt nach vorne zu machen.

Wenn ich ihn ansehe, fühle ich mich lebendig und gleichzeitig unerreichbar. Ich stelle mir vor, wie es wäre, mit ihm zu sprechen, mit ihm zu lachen, wie andere es tun. Doch in den Momenten, in denen ich ihm näher komme, überwältigt mich die Schüchternheit. Ich bleibe ein Schatten in seiner Welt, und die Dunkelheit dieser Einsamkeit ist manchmal kaum zu ertragen. Oh, Heinrich! Ich wünsche mir so sehr, dass du mich eines Tages siehst. Vielleicht bist du einfach zu sehr mit deinen eigenen Abenteuern beschäftigt, um die schüchterne Sandra in der Ecke wahrzunehmen. Ich hoffe, dass ich eines Tages den Mut finde, dir zu zeigen, dass ich mehr bin als nur ein Gesicht in der Menge. Bis dahin werde ich hier sitzen und von einem Traum träumen, der vielleicht niemals Wirklichkeit wird.

Heute Abend gehe ich ins Bett mit der bittersüßen
Hoffnung, dass der morgige Tag einen Funken
Veränderung bringt. Vielleicht werde ich ihn
ansprechen können, oder vielleicht wird er mich
doch bemerken. Aber für jetzt bleibt mir nur die
Stille dieser Seiten, um meine Sehnsucht und
meinen Kummer festzuhalten.

Herzliche Grüße,
Sandra

Kapitel 2: Ein flüchtiger Blick

20. August 1840

Liebes Tagebuch,
heute war ein Tag voller Emotionen, und ich kann
es kaum fassen, was passiert ist! Ich habe Heinrich
Schliemann nicht nur gesehen, sondern er hat
mich tatsächlich angeschaut! Oh, dieser
Moment, als unsere Blicke sich kreuzten, war wie
ein Blitz, der durch meinen Körper fuhr. Mein Herz
raste, und ich fühlte, wie die Wärme in mir
aufstieg, während ich versuchte, meine Fassung
zu bewahren. Doch meine Freude war nur von
kurzer Dauer, denn ich bemerkte, dass er nicht
allein war.
Es war beim Markttreiben, wo sich die
Menschenmengen drängten, und die Farben der
Stände funkelten im Licht der Sonne. Die
Atmosphäre war lebhaft, und ich war auf dem
Weg, einige frische Früchte zu kaufen, als ich ihn
erblickte. Er stand in der Nähe eines Standes und
sprach mit einer rothaarigen Frau. Sie war
atemberaubend, mit langen, lockigen Haaren,
die im Sonnenlicht schimmerten. Sie lachte über
etwas, das er gesagt hatte, und in diesem
Moment fühlte ich einen Stich der Eifersucht, der
mir das Herz zerriss.
Aber zurück zu diesem Augenblick, als er mich
ansah. Es war, als würde die Zeit stillstehen. Seine
strahlend blauen Augen suchten den Raum, und
für einen kurzen Moment schien er mich
wahrzunehmen. Sein Lächeln war so hell und
warm, dass ich das Gefühl hatte, als würde er

direkt in meine Seele blicken. Doch als ich ihm antworten wollte, stellte ich fest, dass ich zu ihm sprach, während sein Blick über mich hinwegglitt. Die Realität schnitt durch meine Gedanken wie ein scharfer Dolch.

Während ich ihn beobachtete, spürte ich, wie mein Herz schwerer wurde. Die Rothaarige stand so nah bei ihm, und ich konnte sehen, wie er sich über etwas amüsierte, das sie gesagt hatte. Ich fühlte mich wie ein Schatten, der in der Dunkelheit verborgen war – unbemerkt und unwichtig. Wie oft hatte ich mir gewünscht, in seinem Licht zu stehen, anstatt am Rande zu bleiben?

In diesem Moment konnte ich nicht anders, als in meiner Vorstellung zu schwelgen. Was, wenn ich den Mut fand, auf ihn zuzugehen? Was, wenn ich ihm einfach sagte, wie ich mich fühlte? Die Gedanken schossen durch meinen Kopf, und ich stellte mir vor, wie es wäre, ihn an meiner Seite zu haben – durch die Straßen von Rostock zu schlendern, die Welt um uns herum zu vergessen, während wir uns in den endlosen Gesprächen über die Antike verloren. Aber dann kam die grausame Realität zurück. Würde er jemals eine Frau wie mich bemerken?

Ich wandte mich ab, unfähig, das Bild von Heinrich und der Rothaarigen aus meinem Kopf zu bekommen. Die Worte der Menschen um mich herum wurden zu einem wummernden Geräusch, und ich fand mich in einem Traum gefangen, aus dem ich nicht entkommen konnte. In meinen Gedanken war ich nicht einfach nur Sandra Lohme; ich war die Heldin meiner eigenen Geschichte, die die Welt eroberte, während sie Heinrich an ihrer Seite hatte.

Aber je mehr ich über diesen Traum nachdachte, desto mehr überkam mich die Angst, dass ich nie die Kraft finden würde, um diesen Traum wahr werden zu lassen. Ich fühlte mich in der Realität gefangen, als ob unsichtbare Ketten mich daran hinderten, einen Schritt auf ihn zuzumachen. Ich wusste, dass ich in der Menschenmenge verloren ging, dass ich niemals die Anziehungskraft der Rothaarigen erreichen könnte.

Ich kehrte nach Hause zurück, das Bild von ihm und der rothaarigen Frau in meinem Kopf. Ich fragte mich, ob sie ihn wirklich verstand, ob sie seine Leidenschaft für die Antike teilte, die ihn so lebendig machte. Aber dann erinnerte ich mich an mein eigenes Leben, an meine Träume, die noch in den Schatten verborgen lagen.

Ich saß auf meinem Bett, umgeben von den vertrauten Wänden meines Zimmers, und die Einsamkeit schien mich zu umarmen. Es war schwer, in einer Welt voller solcher Frauen zu bestehen, die so viel Selbstbewusstsein und Anziehung ausstrahlen. Ich war wie ein Blatt, das im Wind umherflog, ohne Ziel und ohne Halt. Aber ich werde nicht aufgeben! Ich werde weiterhin die Schmetterlinge in meinem Bauch zähmen und die Hoffnung aufrechterhalten, dass ich eines Tages den Mut finde, auf Heinrich zuzugehen und ihm zu zeigen, dass ich mehr bin als nur ein Gesicht in der Menge.

Ich kann nicht anders, als von der Zukunft zu träumen, die mir vielleicht eines Tages offensteht.

Vielleicht, nur vielleicht, wird der nächste Marktbesuch anders sein. Vielleicht wird er mir den Blick schenken, der mehr sagt als tausend Worte. Vielleicht wird er mir endlich die Chance geben, die Stimme zu erheben, die in mir schlummert und darauf wartet, sich zu entfalten. Bis dahin werde ich weiter träumen und auf den nächsten Tag warten, in der Hoffnung, dass er mir die Chance gibt, seine Aufmerksamkeit zu gewinnen. Ich hoffe, dass ich eines Tages stark genug sein werde, um ihm die Liebe zu gestehen, die in mir brennt.

In Sehnsucht,
Sandra

Kapitel 3: Ein Traum, der mein Herz erreicht

25. August 1840

Liebes Tagebuch,
heute Nacht hatte ich einen Traum, der so intensiv und gefühlvoll war, dass ich beim Aufwachen immer noch von seiner Magie erfüllt war. In diesem Traum war ich mit Heinrich Schliemann zusammen, und alles fühlte sich so real an, dass ich fast glauben könnte, es wäre tatsächlich passiert. Sein strahlendes Lächeln, die sanfte Berührung seiner Hand – all das hinterließ einen Abdruck in meinem Herzen, den ich nicht abschütteln konnte.
Es begann alles in einem atemberaubenden Garten, der voller blühender Blumen und üppigem Grün war. Die Sonne schien warm auf unsere Gesichter, und das Licht schien alles in einen goldenen Glanz zu hüllen. Heinrich stand vor mir, seine Augen funkelten vor Freude, und als er mich ansah, fühlte ich mich, als würde die Zeit stillstehen. „Sandra," sagte er mit dieser tiefen, melodischen Stimme, die mir den Atem raubte, „ich habe auf dich gewartet."
In diesem Moment war ich nicht mehr das unsichtbare Mädchen, das in der Menge verloren war. Ich war die Frau, die er bewunderte, und die er für immer an seiner Seite haben wollte. Während wir Hand in Hand durch den Garten gingen, sprach er mit einer Leidenschaft, die mein Herz berührte. Er erzählte von seinen Träumen, von den antiken Städten, die er erforschen wollte, und ich hörte gebannt zu,

fühlte mich, als könnte ich ihn unterstützen und
seine Abenteuer begleiten.

Aber als die Szenerie sich änderte, wurde alles
düster. Der Garten verschwand, und ich fand
mich in einer nebligen Landschaft wieder.
Heinrich war noch da, aber die Verbindung
zwischen uns schien zu verschwinden. „Wo bist
du?" rief ich verzweifelt, als ich versuchte, zu ihm
zu gelangen.

„Ich bin hier, Sandra. Du musst nur an dich
glauben," hörte ich seine Stimme, die durch den
Nebel drang. In diesem Moment wurde mir klar,
dass er nicht nur ein Traum war. Er war ein Teil von
mir, und ich war ein Teil von ihm.

Ich wachte mit einem Ruck auf, mein Herz
pochte wild in meiner Brust. Der Traum hatte mich
erreicht, und ich fühlte, dass ich ihm jetzt näher
war als je zuvor. In den letzten Tagen hatte ich oft
an ihn gedacht, viel mehr, als ich zugeben wollte.
Ich hatte seine Gewohnheiten beobachtet, wie
er die Straßen von Rostock entlangschlenderte,
seine Augen auf die Bücher gerichtet, die er in
der Stadtbibliothek studierte. Es war, als hätte ich
ein Geheimnis über ihn entdeckt, das niemand
sonst kannte.

Ich konnte nicht anders, als seine Schritte zu
verfolgen, während ich mich in der Menge
versteckte. Ich wusste, dass es nicht richtig war,
aber die Gedanken an ihn überwältigten mich.
Ich stellte mir vor, wie er mich anlächeln würde,
wie er mich ansprechen würde – doch der
Gedanke, dass ich in seiner Nähe sein könnte,
ließ mein Herz höher schlagen.

Aber jetzt, nach diesem Traum, weiß ich, dass ich nicht länger im Schatten bleiben kann. Ich bin nicht nur die schüchterne Sandra, die in der Menge steht; ich bin die Frau, die ihn wirklich sieht. Ich kann ihn nicht einfach weiter beobachten. Es wird Zeit, ihm meine Gefühle zu gestehen, die in mir brennen wie ein loderndes Feuer.

Ich werde ihn morgen erneut am Marktplatz sehen, und diesmal werde ich nicht zögern. Ich werde ihn ansprechen, ihm sagen, wie sehr ich an ihn denke. In meinem Herzen weiß ich, dass er mir gehört – dass wir füreinander bestimmt sind. Der Traum hat mir den Mut gegeben, mich von meinen Ängsten zu befreien und ihm zu zeigen, dass ich mehr bin als nur ein Gesicht in der Menge.

Ich habe mir sogar vorgestellt, wie es wäre, ihn nach einem Spaziergang zu fragen – nur wir beide, alleine in der wunderschönen Rostocker Landschaft. Während ich diesen Gedanken hegte, fühlte ich mich, als könnte ich die Worte schon aussprechen, als wären sie Teil von mir.

Ich kann die Vorfreude kaum ertragen. Vielleicht wird dieser Traum Wirklichkeit werden. Vielleicht wird Heinrich mir endlich die Aufmerksamkeit schenken, die ich mir so sehr wünsche. Ich werde für unsere Liebe kämpfen, denn in meinem Herzen weiß ich, dass er und ich füreinander bestimmt sind.

Ich werde den Mut aufbringen, ihm zu zeigen, dass ich die Frau bin, die er braucht, und dass ich die Schatten der Vergangenheit hinter mir lassen kann. Diese Nacht hat mir die Hoffnung

gegeben, und ich werde alles daran setzen, sie in
die Realität umzusetzen.
In voller Vorfreude,
Sandra

Kapitel 4: Der geheime Brief

1. September 1840

Liebes Tagebuch,

die Gedanken an Heinrich lassen mich nicht los,
und je mehr ich darüber nachdenke, desto klarer
wird mir, dass ich ihm etwas sagen muss. Nach
dem traumhaften Erlebnis, das mich in die
Wolken der Sehnsucht katapultiert hat, spüre ich
eine Dringlichkeit in mir, die nicht länger ignoriert
werden kann. Die Idee, ihm einen Brief zu
schreiben, hat sich wie ein Flügelschlag in
meinem Herzen niedergelassen – sie gibt mir
Hoffnung und gleichzeitig ein prickelndes Gefühl
der Nervosität. Ich stelle mir vor, wie ich ihm
sagen könnte, dass da jemand ist, der ihn
bewundert, der seine Leidenschaft und seine
Träume teilt.
Doch während ich über diese mutige Idee
nachdenke, schleicht sich auch die Angst in mein
Herz. Was, wenn er den Brief niemals liest? Was,
wenn er mich auslacht? Diese Gedanken
schneiden wie scharfe Klingen durch meine
Euphorie. Aber ich weigere mich, sie an mich
heranzulassen. Die Vorteile überwiegen bei
weitem die Nachteile, und ich bin fest
entschlossen, diesen Schritt zu wagen.
Die Vorstellung, Heinrich mit meinen Worten zu
erreichen, lässt mein Herz schneller schlagen. Ich
kann mir den Moment lebhaft vorstellen, wie er
mit einem leichten Lächeln auf den Lippen in der
Bibliothek sitzt, den Brief in seinen Händen,

während seine Augen leuchten, als er meine
Gedanken liest. Vielleicht wird er sich fragen, wer
diese geheimnisvolle Bewunderin ist, die ihm den
Mut gibt, seine Träume zu verfolgen. Ich kann ihn
schon sehen, wie er in den Straßen von Rostock
umherwandert, den Blick suchend, während er
versucht, herauszufinden, wer ich bin.
Die Gedanken an unsere mögliche
Liebesgeschichte erfüllen mich mit einem Gefühl
von Vorfreude und Aufregung. Ich male mir aus,
wie wir gemeinsam durch die Straßen schlendern,
unsere Hände ineinander verschlungen. Ich sehe
uns in den antiken Ruinen, die von der
Geschichte flüstern, während Heinrich mir mit
strahlenden Augen von seinen Abenteuern
erzählt. Es ist eine Welt voller Möglichkeiten, und
ich kann die Magie spüren, die in der Luft liegt.
Doch dann überkommt mich die Dunkelheit der
Realität. Was, wenn ich für immer in der
Anonymität bleibe, und diese zarte Verbindung
niemals Wirklichkeit wird? Die Vorstellung, dass
Heinrich mich niemals erkennen könnte, lässt
mich frösteln. Aber ich muss diese negativen
Gedanken kleinreden. Diese Art von Liebe,
geheimnisvoll und fern, hat ihren eigenen Reiz.
Ich könnte die unerreichbare Muse sein, die ihm
in seinen Träumen erscheint und ihn zum Lächeln
bringt. Wer würde nicht von so einer
bewundernden Liebe träumen?
Ich nehme ein Blatt Papier und beginne zu
schreiben. Die Tinte fließt über das Papier wie die
Tränen, die ich zurückhalte. „Lieber Heinrich,"
schreibe ich, und mein Herz pocht heftig. „Ich
bewundere deine Leidenschaft für die Antike. Es

gibt da jemanden, der in der Menge steht und sich fragt, wie es wäre, dich wirklich zu kennen." Jede Zeile wird mit einer Intensität gefüllt, die ich nicht in Worte fassen kann. Ich beschreibe die Faszination, die ich für ihn empfinde, und wie sein Lächeln mein Herz erwärmt. Doch während ich schreibe, fühle ich eine merkwürdige Kälte, die mir über den Rücken läuft, als ob jemand mich beobachtet. Ein unheimliches Gefühl, das ich nicht ignorieren kann. Ist es nur meine Fantasie, oder ist da tatsächlich jemand, der meine geheimen Gedanken verfolgt?

Die Vorstellung, dass jemand hinter mir steht, lässt meine Hände zittern. Ich blicke mich um, aber der Raum ist leer. Ich zwinge mich, weiterzuschreiben, die Gedanken aus meinem Kopf zu bekommen, bevor sie mich erdrücken. Aber die Dunkelheit schleicht sich wieder in meine Gedanken, und ich fühle mich, als würde ich in einem Labyrinth gefangen sein, aus dem es kein Entkommen gibt.

Ich erinnere mich an die Rothaarige, die so nah bei Heinrich steht. Was, wenn sie es ist, die mir auf den Fersen ist? Ihre Augen, die mich durchdringen, während sie Heinrich anspricht – gibt es mehr zwischen ihnen, als ich vermuten kann? Ich schüttle den Kopf, um die Gedanken zu vertreiben, und setze mein Schreiben fort. Es darf nicht sein, dass ich mich von solchen Ängsten leiten lasse.

„Ich hoffe, du wirst mir eines Tages die Chance geben, dich näher kennenzulernen", schreibe ich weiter und stelle mir vor, wie ich ihm gegenüberstehe, während ich meine Gefühle

gestehe. Die Worte fließen wie Wasser und fangen die Hoffnung ein, die in meinem Herzen glüht. „Ich glaube an dich, an deine Träume, und ich möchte an deiner Seite sein."
Als ich den Brief vollende, fühle ich mich erleichtert. Der Brief ist eine kleine Botschaft der Hoffnung, ein Stück von mir, das ich in die Welt hinauslasse. Ich weiß, dass ich den Mut finden muss, ihm zu geben. Doch dann überkommt mich erneut das Gefühl, beobachtet zu werden. Ein kalter Schauer läuft mir über den Rücken. Es ist verrückt, ich weiß, aber ich kann nicht anders, als zu denken, dass meine Worte vielleicht eine Reaktion auslösen. Was, wenn jemand den Brief liest, bevor ich es tue? Was, wenn jemand da ist, der meine Geheimnisse kennt?
Die Dunkelheit dieser Gedanken droht mich zu überwältigen, aber ich beschließe, stark zu bleiben. Ich werde mich nicht von meiner Angst leiten lassen. Das Gefühl, Heinrich mit meinem Schreiben zu erreichen, ist stärker als jede Furcht. Ich lege den Brief in einen Umschlag, und während ich ihn verschnüre, spüre ich eine Entschlossenheit in mir wachsen. Morgen werde ich den Brief übergeben, und ich werde nicht aufgeben, bis ich die Antwort erhalte, die ich mir so sehr wünsche. Vielleicht wird dieser Schritt der Anfang unserer gemeinsamen Geschichte sein, die nur darauf wartet, entfaltet zu werden.
In vollster Erwartung,
Sandra

Kapitel 5: Der Brief der Sehnsucht

2. September 1840

Liebes Tagebuch,
heute bin ich aufgewacht, erfüllt von einem
Gefühl, das nicht zu beschreiben ist. Es ist wie ein
ständiges Pochen in meiner Brust, eine Mischung
aus Hoffnung und einer tiefen, nagenden
Eifersucht. Ich kann nicht aufhören, an den Blick
zu denken, den Heinrich mir gestern geschenkt
hat, und ich spüre, dass ich ihm endlich einen
Brief schreiben muss. Es ist an der Zeit, ihm zu
sagen, was ich für ihn empfinde, auch wenn ich
noch immer in der Dunkelheit stehe.
Als ich heute Morgen über den Markt
schlenderte, überkam mich eine Welle der
Emotionen. Jeder Schritt erinnerte mich an den
Augenblick, als sich unsere Blicke kreuzten – diese
kostbare Sekunde, in der ich das Gefühl hatte, als
könnte die Welt um uns herum explodieren und
wir wären die einzigen beiden Menschen darin.
Doch dann war da diese Rothaarige, die er an
seiner Seite hatte. Ich kann nicht anders, als an ihr
zu zweifeln.
Was hat sie, was ich nicht habe? Ihre roten
Locken schimmerten im Sonnenlicht, und ihr
Lachen war so laut und ansteckend. Sie war die
Sonne, während ich nur der Mond im Schatten
ihrer Strahlen war. Doch ich kann nicht zulassen,
dass sie meine Gedanken an Heinrich vergiftet!
Ich kann nicht zulassen, dass sie diejenige ist, die
ihm die Welt zeigt, während ich nur im
Hintergrund verblasst.

In meinem Kopf kreisen die Gedanken wie ein Wirbelsturm. Ich setze mich an meinen Tisch, die Feder in der Hand, und beginne, die Worte zu formulieren. „Lieber Heinrich," schreibe ich, und die Tinte fließt über das Papier, während ich meine Gedanken ordne. „Ich bewundere deine Leidenschaft und deinen Mut. Du bist ein Mann, der für seine Träume kämpft."
Ich halte inne und lasse meine Gedanken über den Blick, den er mir zugeworfen hat, noch einmal Revue passieren. Es war so intensiv, so vielversprechend. Konnte es wirklich sein, dass ich in seinen Gedanken verankert war? Vielleicht hat er in diesem Moment mehr als nur ein flüchtiges Interesse für mich empfunden. Vielleicht spürte er das Gleiche, was ich fühlte, und das lässt mich hoffen, dass es mehr zwischen uns geben könnte. Und doch, als ich über seine Begleiterin nachdenke, überkommt mich die Wut. „Wie kann sie es wagen?" murmle ich vor mich hin, während ich die Feder hin und her drehe. „Was hat sie, das mich nicht an Heinrich heranlässt?" Ich kann nicht umhin, sie zu verurteilen, als ob sie die Schuld an meinem Unglück trägt. Ich fühle mich, als müsste ich gegen sie kämpfen, als wäre sie eine Rivalin, die mir Heinrich stehlen könnte.
Mit jeder Zeile, die ich schreibe, steigere ich mich mehr in diese Gedanken hinein. Ich stelle mir vor, wie ich ihm meine Liebe gestehe und wie er reagiert. Ich sehe ihn vor mir, wie er mir versichert, dass ich die Einzige bin, die er will. Der Gedanke, dass er in den nächsten Tagen auf mich zukommen könnte, gibt mir Kraft, aber die Bilder

der Rothaarigen schießen mir immer wieder
durch den Kopf.
Was, wenn ich ihm nicht genug bin? Was, wenn
er sich immer nur an sie erinnert, während ich in
den Schatten seiner Gedanken bleibe? Ich kann
mir nicht vorstellen, dass dies der Weg ist, den ich
gehen möchte. Mein Herz gehört ihm, und ich
will, dass er es weiß. Ich werde nicht zulassen,
dass eine andere Frau, die sich in seine Nähe
schleicht, meine Chancen ruinieren kann.
„Es kann doch kein Zufall sein!", sage ich laut zu
mir selbst. „Die Art, wie er mich angesehen hat,
war wie ein Lichtstrahl in der Dunkelheit. Er muss
etwas fühlen! Ich bin überzeugt davon!" Diese
Überzeugung brennt in mir, während ich weiter
schreibe. Ich entblöße mein Herz auf dem Papier,
erzähle von meinen Sehnsüchten und
Hoffnungen.
„Ich kann mir ein Leben mit dir vorstellen,
Heinrich. Wir könnten gemeinsam die Welt
entdecken, während du mir von deinen
Abenteuern erzählst. Wir könnten unzählige
Nächte unter dem Sternenhimmel verbringen
und uns über unsere Träume austauschen. Ich will
nicht nur ein flüchtiger Blick sein. Ich will, dass du
mich wirklich siehst."
Je mehr ich schreibe, desto mehr fühle ich mich
in meine eigenen Worte vertieft. Ich beginne,
eine Welt zu erschaffen, in der Heinrich und ich
zusammen gehören, während ich die Realität
ausblende. Vielleicht ist das mein Weg, mit der
schmerzlichen Wahrheit umzugehen – dass ich in
dieser Anonymität gefangen bin und nicht weiß,
wie ich mich befreien kann.

Ich spüre, dass ich in eine Art Wahn hineingezogen werde, während ich die Rothaarige verfluche und mir gleichzeitig die schönsten Szenarien ausmale, in denen Heinrich und ich unzertrennlich sind. Diese Vorstellung ist süß, doch ich muss mich daran erinnern, dass sie nur eine Fantasie ist. Und dennoch – in meinem Herzen hoffe ich, dass dieser Brief die Tür zu einer neuen Realität öffnen könnte.
Ich werde ihn aufbewahren, diesen geheimen Brief, bis ich den Mut habe, ihn ihm zu übergeben. Vielleicht wird er mir eines Tages die Chance geben, ihm zu zeigen, wie viel ich für ihn empfinde. Und wenn nicht – nun, dann bleibt mir immer noch die Hoffnung, dass ich eines Tages die Kraft finde, aus dem Schatten zu treten und ihm die Wahrheit über meine Gefühle zu offenbaren.
In ungestümer Erwartung,
Sandra

Kapitel 6: Der entscheidende Moment

3. September 1840

Liebes Tagebuch,
der Tag ist endlich gekommen. Die Aufregung
kribbelt in mir, während ich überlege, wie ich den
Brief an Heinrich übergeben kann. Ich kann kaum
an etwas anderes denken, und mein Herz schlägt
wie ein wildes Pferd in meiner Brust. Was, wenn
ich den Mut finde, ihn endlich anzusprechen?
Was, wenn ich ihn dazu bringe, mich wirklich
wahrzunehmen? Die Vorstellung lässt mich
gleichzeitig aufgeregt und nervös werden.
In meinen Gedanken gehe ich alle Szenarien
durch. Vielleicht stehe ich am Marktplatz und
warte, bis er vorbeikommt. Ich könnte ihm
einfach den Brief in die Hand drücken und ihm
sagen, dass es jemand gibt, der ihn bewundert.
Oder ich könnte so tun, als würde ich zufällig
vorbeigehen, ihm den Brief zustecken und schnell
verschwinden, bevor er reagieren kann. Aber
wird das wirklich funktionieren? Was, wenn ich
einfach nur wie ein geisterhafter Schatten wirke,
der sich in der Menge verliert?
Doch je mehr ich darüber nachdenke, desto
mehr nehme ich mir vor, es auf die mutige Art zu
versuchen. Wenn ich ihm den Brief gebe, will ich,
dass er auch sieht, wie ernst es mir ist. Vielleicht
wird er sich dann an mich erinnern, wenn er den
Brief liest. In meinem Kopf spinne ich bereits eine
kleine Liebesgeschichte, die sich entfaltet,
während ich ihn beobachte. Ich stelle mir vor,
wie er den Brief aufnimmt, seine Augen

aufleuchten und er mich schließlich als diejenige
erkennt, die er sucht.
Ich entscheide mich, am nächsten Tag an der
Hauptstraße zu warten. Es ist der Weg, den er oft
nimmt, wenn er zur Bibliothek geht oder mit
seinen Freunden unterwegs ist. Der Ort ist perfekt,
um ihm zu begegnen – hier wird er immer
vorbeikommen, und ich kann ihn einfach
ansprechen.
Ich warte ungeduldig, und während ich die
Straßen entlang schaue, kommt mir der
Gedanke, dass ich einfach vor Freude in Tränen
ausbrechen könnte. Der Gedanke, dass ich
gleich mit ihm sprechen könnte, lässt mein Herz
schneller schlagen. Doch dann überkommt mich
erneut die Angst. Was, wenn ich ihm nicht
gefalle? Was, wenn er mich zurückweist?
Als ich schließlich dort stehe, mit dem Brief fest in
der Hand, fühle ich mich wie in einem Zustand
der Vorahnung. Die Straßen sind voller Leben,
und die Menschen flanieren vorbei, aber mein
Blick ist fest auf das Ende der Straße gerichtet.
Dort taucht er auf – Heinrich Schliemann, in
seinem Zylinder und mit einem Stock in der Hand,
seine Erscheinung strahlt eine Autorität aus, die
mir gleichzeitig Respekt und Schüchternheit
einflößt.
Mein Herz setzt einen Schlag aus, als ich ihn
näherkommen sehe. Er spricht mit einem Freund,
und sein Lächeln ist charmant. Aber ich muss es
wagen. Ich kann nicht zulassen, dass diese
Chance an mir vorbeigeht. Ich hole tief Luft,
während ich mich mental auf das vorbereite,
was gleich geschehen wird.

Als er sich mir nähert, kann ich die Aufregung in meinem Körper spüren. Ich stehe wie festgefroren da, bis ich den Mut finde, ihn anzusprechen.
„Heinrich!"
Er dreht sich um, und unsere Blicke treffen sich. Ein kurzer Moment, in dem die Welt stillzustehen scheint. Aber anstatt sich zu freuen, merke ich, wie sein Gesicht sich verhärtet. „Ich möchte nicht angesprochen werden," sagt er abrupt, seine Stimme kalt und abweisend.
Die Worte treffen mich wie ein Schlag ins Gesicht. Ich fühle, wie sich mein Herz zusammenzieht, und ich kann kaum fassen, was gerade passiert. Mein Traum von einer liebevollen Verbindung zerbricht in einem einzigen Moment. Die Hoffnung, die ich mir so mühevoll aufgebaut hatte, wird von einem unbarmherzigen Wind davongetragen.
„Aber… ich wollte dir nur etwas sagen," stammle ich, unfähig, den Schmerz in meiner Stimme zu verbergen. „Es ist wichtig…"
„Ich habe keine Zeit für solche Spielereien," unterbricht er mich, und seine Abneigung ist so stark, dass ich mich fühlte, als würde ich in den Boden sinken. Die Menschen um uns herum scheinen nicht zu bemerken, was geschieht, während ich dort stehe, gefangen in meinem eigenen Kummer.
Sein Gesicht, das zuvor so lebhaft war, hat sich in eine Maske aus Gleichgültigkeit verwandelt. Wie konnte er so schnell seine Meinung über mich ändern? Ich fühle mich wie eine Fremde, die in sein Leben eingedrungen ist. „Bitte, Heinrich, ich…" Doch meine Worte ersticken in meinem Hals.

Er sieht über mich hinweg, als würde ich nicht
existieren, und ich spüre, wie mein Herz bricht. Die
Rothaarige schwebt wie ein Schatten in meinen
Gedanken, und ich kann nicht umhin, sie für das
Unglück verantwortlich zu machen, das mir
widerfährt. Sie hat ihn wahrscheinlich umgarnt
und ihn von mir abgezogen, und jetzt stehe ich
hier, verloren und verzweifelt.
Als ich ihn weiter beobachte, wende ich mich
ab, unfähig, die Tränen zurückzuhalten, die mir in
die Augen steigen. Ich hatte geglaubt, dass es
einen Funken zwischen uns geben könnte, eine
Verbindung, die über die Worte hinausgeht.
Doch jetzt bleibt mir nichts weiter als der bittere
Geschmack der Enttäuschung.
Ich drehe mich um und gehe weg, das Gefühl
von Unzulänglichkeit schwer auf meinen
Schultern. Die Menschen um mich herum
scheinen sich zu bewegen, während ich
gefangen bleibe in meinem Schmerz. Es fühlt sich
an, als ob ich in einem Albtraum gefangen bin,
aus dem es kein Entkommen gibt. Ich hatte so
viel Hoffnung in diesen Moment gesetzt, und jetzt
fühle ich mich, als wäre ich in der Dunkelheit
verloren.
Der Brief, den ich ihm schreiben wollte, scheint
jetzt sinnlos. Wie kann ich ihm meine Gefühle
gestehen, wenn er mich nicht einmal
wahrnimmt? Doch tief in meinem Herzen weiß
ich, dass ich ihn nicht aufgeben kann. Irgendwie,
irgendwann wird es einen Weg geben, ihm zu
zeigen, dass ich mehr bin als nur ein Gesicht in
der Menge.

Ich werde weiter kämpfen, auch wenn der Kampf gegen die Dunkelheit in meinem Herzen anstrengend ist. Die Geschichte zwischen uns ist vielleicht noch nicht zu Ende, auch wenn ich mich in diesem Moment so fühlte. Vielleicht war dies nur der erste Schritt in einem viel größeren Abenteuer, das darauf wartet, entdeckt zu werden.
In schmerzlicher Hoffnung,
Sandra

Kapitel 6: Ein neuer Blick auf die Dinge

4. September 1840

Liebes Tagebuch,
der Tag ist endlich gekommen. Nach dem
schmerzhaften Erlebnis von gestern habe ich die
Gelegenheit genutzt, meine Gedanken zu
sortieren. Die Aufregung kribbelt in mir, während
ich überlege, wie ich den Brief an Heinrich
übergeben kann. Ich kann kaum an etwas
anderes denken, und mein Herz schlägt wie ein
wildes Pferd in meiner Brust. Was, wenn ich den
Mut finde, ihn endlich anzusprechen? Was, wenn
ich ihn dazu bringe, mich wirklich
wahrzunehmen? Die Vorstellung lässt mich
gleichzeitig aufgeregt und nervös werden.
In meinen Gedanken gehe ich alle Szenarien
durch. Vielleicht stehe ich am Marktplatz und
warte, bis er vorbeikommt. Ich könnte ihm
einfach den Brief in die Hand drücken und ihm
sagen, dass es jemand gibt, der ihn bewundert.
Oder ich könnte so tun, als würde ich zufällig
vorbeigehen, ihm den Brief zustecken und schnell
verschwinden, bevor er reagieren kann. Aber
wird das wirklich funktionieren? Was, wenn ich
einfach nur wie ein geisterhafter Schatten wirke,
der sich in der Menge verliert?
Doch je mehr ich darüber nachdenke, desto
mehr nehme ich mir vor, es auf die mutige Art zu
versuchen. Wenn ich ihm den Brief gebe, will ich,
dass er auch sieht, wie ernst es mir ist. Vielleicht
wird er sich dann an mich erinnern, wenn er den
Brief liest. Oh, ich kann den Gedanken kaum

fassen, dass ich durch meine Worte eine
Verbindung schaffen könnte, die über die
Grenzen des Gewöhnlichen hinausgeht.
Ich entscheide mich, am nächsten Tag an der
Hauptstraße zu warten. Es ist der Weg, den er oft
nimmt, wenn er zur Bibliothek geht oder mit
seinen Freunden unterwegs ist. Der Ort ist perfekt,
um ihm zu begegnen – hier wird er immer
vorbeikommen, und ich kann ihn einfach
ansprechen. Der Gedanke daran, in der Nähe
von Heinrich zu sein, erfüllt mich mit einer
Mischung aus Nervosität und Vorfreude.
Ich kann die Aufregung kaum ertragen. Vielleicht
wird dieser Tag ein Wendepunkt in meinem
Leben sein, der uns beide näher
zusammenbringt. Der Traum von unserer
gemeinsamen Zukunft schwirrt in meinem Kopf,
und ich male mir aus, wie wir zusammen durch
die Straßen von Rostock schlendern, Händchen
haltend, während wir uns in tiefen Gesprächen
verlieren. Die Vorstellung, dass ich Heinrich an
meiner Seite habe, ist wie ein Lichtstrahl, der mir
den Weg zeigt.
Als ich schließlich an der Hauptstraße stehe, klopft
mein Herz schneller. Die Menschen um mich
herum scheinen zu verschwommen, während
mein Fokus nur auf ihm liegt. Ich warte und
beobachte die Passanten, die vorüberziehen, in
der Hoffnung, dass Heinrich bald erscheinen wird.
Der Wind weht sanft durch mein Haar, und ich
fühle mich lebendig und voller Erwartung.
Dann, wie aus dem Nichts, sehe ich ihn! Heinrich
taucht am Ende der Straße auf, elegant
gekleidet, sein Zylinder sitzt perfekt auf seinem

Kopf, und sein Stock schwingt leicht in seiner
Hand. Er sieht so anmutig aus, dass ich für einen
Moment den Atem anhalte. Oh, Heinrich! Mein
Herz schlägt laut in meiner Brust, und ich kann es
kaum glauben, dass ich ihn gleich ansprechen
werde.

Doch als er sich mir nähert, erfasst mich ein
plötzlicher Schreck. Was, wenn ich versage? Was,
wenn ich ihm nicht die richtigen Worte sagen
kann? Die Zweifel schleichen sich wieder in
meinen Kopf, aber ich schüttle sie ab. Ich habe
es mir so lange gewünscht, jetzt ist die Zeit
gekommen.

„Heinrich!" rufe ich, und mein Herz macht einen
Satz. Er dreht sich um, und unsere Blicke treffen
sich. Für einen Augenblick scheint die Zeit
stillzustehen. Doch der Ausdruck in seinen Augen
verändert sich schnell, und ich spüre, wie die
Kälte seiner Abwehrhaltung sich über mich legt.
„Ich möchte nicht angesprochen werden," sagt
er, seine Stimme fest und unmissverständlich. Die
Worte treffen mich wie ein Schlag ins Gesicht. Ich
kann kaum fassen, was gerade passiert. Ich hatte
geglaubt, dass es einen Funken zwischen uns
geben könnte, eine Verbindung, die über die
Worte hinausgeht. Doch jetzt fühle ich mich wie
ein Schatten, der in der Dunkelheit verschwindet.
Die Menschen um uns herum scheinen nicht zu
bemerken, was geschieht. Es fühlt sich an, als
wäre ich in einem Albtraum gefangen, aus dem
es kein Entkommen gibt. Heinrichs kalte Reaktion
zerreißt mein Herz. Ich wollte ihm so viel sagen,
aber jetzt sind die Worte wie gefroren in meinem
Mund.

„Aber… ich wollte dir nur etwas sagen," stammle
ich, unfähig, die Tränen zurückzuhalten. „Es ist
wichtig…"
„Ich habe keine Zeit für solche Spielereien,"
unterbricht er mich, und die Abneigung in seiner
Stimme schneidet wie ein scharfer Dolch durch
meine Hoffnung. Ich fühle, wie ich innerlich
zusammenbreche, während ich ihm nachblicke.
Aber dann überkommt mich eine seltsame
Erkenntnis. Vielleicht war er so abwehrend, weil
meine Liebe so ungestüm kam. Vielleicht ist er
überrascht, vielleicht überfordert von der
Intensität meiner Gefühle. Wenn ich darüber
nachdenke, macht es Sinn. In diesem Moment
des Zögerns wird mir klar, dass ich ihm zu nahe
gekommen bin, ohne ihm Zeit zu geben, die
Wellen der Emotionen zu verarbeiten. Es ist ein
impulsives Gefühl, das ihn möglicherweise
erschreckt hat.
Ich lasse die negativen Gedanken los und lasse
Raum für die Möglichkeit, dass er ebenfalls für
mich empfänglich sein könnte. Vielleicht spürt er,
dass ich diejenige bin, die ihm in seinen Träumen
begegnet, die er jedoch nicht erkennen kann.
Ich wende mich ab, während die Tränen in
meinen Augen brennen, doch in meinem Herzen
weiß ich, dass dies nicht das Ende sein muss.
Irgendwie wird es einen Weg geben, ihm zu
zeigen, dass ich diejenige bin, die für ihn
bestimmt ist. Diese Begegnung ist nur der Anfang,
und ich werde nicht aufgeben.
Der Brief, den ich ihm schreiben wollte, wird
meine Stimme sein – meine Möglichkeit, ihm zu
zeigen, was in mir brennt. Ich stelle mir vor, wie

ich den Brief überreiche, und er, überwältigt von meinen Gefühlen, mich anlächelt. In meinen Gedanken reift die Idee, dass ich ihm vielleicht etwas gebe, das er nicht erwartet – etwas, das ihn zum Nachdenken anregt und ihn dazu bringt, mir die Aufmerksamkeit zu schenken, die ich mir so sehr wünsche.

Ich werde geduldig sein und abwarten, bis ich ihm den Brief übergeben kann. Das Gefühl, dass wir zusammengehören, wird mich durch diese schmerzhaften Momente tragen. Ich weiß, dass ich bereit bin, für unsere Liebe zu kämpfen, und dass ich alles tun werde, um Heinrich zu zeigen, dass ich diejenige bin, die ihn versteht.

In der Dunkelheit der Traurigkeit blüht die Hoffnung, und ich kann nicht aufhören, an die Zukunft zu denken, die uns beiden offensteht. Vielleicht ist der nächste Schritt, den ich wage, der, der uns endlich zusammenbringt.

In sehnsüchtiger Erwartung,
Sandra

Kapitel 7: Der geheime Plan

5. September 1840

Liebes Tagebuch,
die Nacht war lang und voller Gedanken. Mein
Herz schlägt immer noch heftig, während ich
über meine Begegnung mit Heinrich nachdenke.
Die Enttäuschung und der Schmerz über seine
Ablehnung hallen noch in meinem Kopf wider.
Doch jetzt, mehr denn je, fühle ich, dass ich
handeln muss. Ich kann nicht aufgeben, denn tief
in mir weiß ich, dass es zwischen uns mehr geben
könnte.
Heute Morgen habe ich beschlossen, dass ich
ihm den Brief nicht nur einfach übergeben
werde. Ich werde einen Plan entwickeln, um ihn
in eine Situation zu bringen, in der er mich sehen
und verstehen kann. Ich stelle mir vor, wie ich ihn
an einem ruhigen Ort anspreche, wo er nicht von
der Menge abgelenkt ist. Ein Ort, an dem wir
ungestört reden können, und wo ich ihm alles
sagen kann, was ich fühle.
Die Gedanken rasen durch meinen Kopf,
während ich darüber nachdenke, wo ich ihn
treffen könnte. Vielleicht im Stadtpark, wo die
Blumen blühen und die Vögel singen? Oder in
der Nähe der Bibliothek, wo er oft Zeit verbringt?
Mein Herz klopft schneller bei dem Gedanken, ihn
in einer entspannten Atmosphäre zu treffen, ohne
den Druck der Öffentlichkeit.
Ich spüre, dass ich ihn an einen Ort bringen kann,
an dem er die Möglichkeit hat, sich zu öffnen und
über seine wahren Gefühle nachzudenken.

Vielleicht hat er einfach nur Angst, sich auf etwas Neues einzulassen, und ich kann ihm helfen, diese Angst zu überwinden. Wenn ich ihm den Brief gebe, wird er vielleicht verstehen, dass meine Liebe ernsthaft ist und dass ich nicht nur ein flüchtiger Schatten in seinem Leben bin.
In meinem Kopf male ich mir Szenarien aus, die mich zum Lächeln bringen. Ich stelle mir vor, wie wir im Park sitzen, die Sonne scheint warm auf unsere Gesichter, und ich überreiche ihm den Brief. Er wird ihn aufschlagen, und ich kann die Neugier in seinen Augen sehen, während er meine Worte liest. Ich kann die Vorfreude spüren, wenn er zu mir schaut und in mir das Licht sieht, das er nie bemerkt hat.
Doch während ich mir diese positiven Gedanken ausmale, schleicht sich auch ein unheimliches Gefühl in meinen Kopf. Was, wenn er den Brief liest und dennoch keine Gefühle für mich entwickelt? Was, wenn er die Worte ignoriert und einfach weiterlebt, ohne je einen Gedanken an mich zu verschwenden? Ich kann diesen Gedanken nicht ertragen, aber ich schiebe ihn beiseite. Die Hoffnung ist ein mächtiger Verbündeter, und ich darf sie nicht verlieren.
Ich gehe mit einem entschlossenen Herzen nach draußen. Die Sonne strahlt am Himmel, und während ich die Straßen von Rostock entlangschlendern, fühle ich mich, als wäre ich in einem Film gefangen – einem Film, in dem ich die Hauptrolle spiele. Die Menschen um mich herum werden zu Kulissen, während ich mich auf das konzentriere, was vor mir liegt. Mein Ziel ist klar: Heinrich.

Am Nachmittag, als die Dämmerung sich langsam über die Stadt legt, finde ich den Mut, zu der Stelle zu gehen, an der ich ihn am häufigsten sehe. Der Park ist heute wunderschön – die Blumen blühen in voller Pracht, und die Vögel singen Lieder, die mir Mut geben. Ich setze mich auf eine Bank in der Nähe des Weges, wo ich einen guten Blick auf die Straße habe.

Die Minuten vergehen, und ich fühle mich wie ein Kind, das darauf wartet, dass das Überraschungsgeschenk endlich ausgepackt wird. Mein Herz schlägt schneller, als ich an die Möglichkeit denke, ihm endlich gegenüberzustehen und ihm alles zu sagen, was ich empfinde. Die Nervosität steigt in mir auf, während ich den Brief in meiner Tasche spüre – ein Stück von mir, das ich ihm geben will.

Plötzlich sehe ich ihn! Heinrich kommt um die Ecke, und sein Zylinder glänzt im Sonnenlicht. Ich kann nicht anders, als zu lächeln, während mein Herz vor Freude hüpft. Er scheint tief in Gedanken versunken zu sein, und ich nehme einen tiefen Atemzug, während ich versuche, meine Nervosität zu bändigen.

Ich beobachte, wie er sich nähert, und während ich ihn ansehe, fühle ich die Magie des Moments. Die Welt um uns herum wird unsichtbar, und es gibt nur noch ihn und mich. Doch dann, in einem Moment der Panik, spüre ich, wie die Angst wieder über mich hereinbricht. Was, wenn er mich erneut abweist?

Aber ich lasse diese Gedanken nicht zu. Ich stehe auf und gehe ein paar Schritte in seine Richtung, bis ich mich sammel und ihn anspreche.

„Heinrich!" rufe ich mit fester Stimme, und es klingt fast wie eine Herausforderung. Er dreht sich zu mir um, und ich sehe das Überraschung in seinen Augen.

„Sandra? Was machst du hier?" Seine Stimme ist höflich, aber der Ausdruck in seinen Augen lässt mich erneut den Atem anhalten. Es ist, als könnte ich die Abwehrhaltung wieder spüren, die er mir gestern entgegengestellt hat. Ich kann nicht zulassen, dass das erneut geschieht.

„Ich wollte mit dir reden", sage ich und versuche, meine innere Nervosität zu verbergen. „Es gibt etwas, das mir am Herzen liegt."

Doch bevor ich ihm den Brief übergeben kann, bemerke ich die Rothaarige, die sich in der Nähe aufhält und uns beobachtet. Ihre Anwesenheit ist wie ein dunkler Schatten, der über den Moment schwebt. Sie scheint ihn mit einem interessierten Blick zu mustern, als ob sie auf meine Reaktion lauert. Mein Herz sinkt, aber ich weigere mich, mich davon entmutigen zu lassen.

Ich halte den Brief fest in meiner Hand und sehe Heinrich in die Augen, entschlossen, ihm meine Gefühle mitzuteilen. Es ist Zeit, dass ich meine Stimme erhebe, dass ich ihm zeige, dass ich da bin und dass ich für ihn kämpfe. Vielleicht ist dies der Moment, in dem alles beginnt – der Moment, in dem unsere Geschichte endlich real wird.

„Ich...", beginne ich, doch der Anblick der Rothaarigen verstärkt die Zweifel in mir. Ihre Überlegenheit scheint mich niederzudrücken, und ich spüre, wie der Mut, den ich zuvor gesammelt habe, zu schwinden beginnt. Doch

tief in mir weiß ich, dass ich für meine Gefühle
einstehen muss. Es gibt keinen Weg zurück.
„Ich bewundere dich, Heinrich. Und ich wollte,
dass du das weißt", sage ich schließlich, während
ich den Brief mit zitternden Händen überreiche.
„Lies ihn, bitte. Es ist mir wichtig."
In diesem Moment spüre ich, wie alles stehen
bleibt – die Welt, die Menschen um uns herum,
selbst die Rothaarige, die wie ein Schatten in der
Dunkelheit bleibt. Es gibt nur noch Heinrich und
mich, und ich halte den Atem an, während ich
darauf warte, dass er meine Worte aufnimmt und
meine Liebe erwidert.
In leidenschaftlicher Erwartung,
Sandra

Kapitel 9: Ein neues Licht

6. September 1840

Liebes Tagebuch,
nach unserem kurzen, aber aufschlussreichen
Gespräch fühle ich mich, als würde ich in einem
Traum schweben. Heinrichs Worte hallen noch
immer in meinem Kopf wider – „Ich werde
darüber nachdenken, Sandra." Die Hoffnung, die
in mir gewachsen ist, strahlt heller als je zuvor, und
ich kann nicht aufhören, an die Möglichkeiten zu
denken, die vor uns liegen.
Ich bin den ganzen Tag in Gedanken versunken,
während ich meinen Pflichten nachgehe. Das
Geräusch der Stadt um mich herum wird zu
einem sanften Murmeln, während ich über unsere
Begegnung nachdenke. Jedes Mal, wenn ich
seine strahlend blauen Augen vor meinem
inneren Auge sehe, wird mir warm ums Herz. Es ist,
als hätte ich eine verborgene Welt betreten, in
der alles möglich ist – in der ich nicht nur Sandra
Lohme bin, sondern die Frau, die ihm die Liebe
zeigt, die er verdient.
Doch während ich mich in diesen süßen
Fantasien verliere, überkommt mich eine andere,
schleichende Angst. Was, wenn die Rothaarige
ihn ablenkt? Was, wenn sie ihm den Kopf
verdreht? Ich habe das Gefühl, dass ich im
Schatten ihrer Anwesenheit stehe, und die
Eifersucht nagt an mir wie ein ungebetener Gast.
Heute Morgen habe ich entschieden, dass ich ihn
nicht in Ruhe lassen kann. Ich werde ihm eine
Nachricht schreiben, eine kleine Erinnerung an

das, was wir geteilt haben. Es wird eine liebevolle Notiz sein, die ihm zeigt, dass ich für ihn da bin, egal was kommt. Vielleicht wird es ihn ermutigen, den Schritt zu wagen, um mich näher kennenzulernen.

Ich finde einen ruhigen Platz in meinem Zimmer, und während ich das Licht durch das Fenster auf das Papier scheinen lasse, beginne ich zu schreiben. „Lieber Heinrich, ich wollte dir nur sagen, dass ich an dich denke. Deine Worte haben etwas in mir geweckt, und ich kann die Verbindung spüren, die zwischen uns besteht." Ich lege meine Seele in diese Zeilen, und je mehr ich schreibe, desto mehr fühle ich, wie die Worte wie zarte Flügel über das Papier fliegen. Ich spreche von der Magie, die ich in unseren gemeinsamen Momenten gespürt habe, und von der Hoffnung, dass wir uns näherkommen können. „Ich würde mich freuen, wenn du mir die Chance gibst, dir zu zeigen, wie besonders du für mich bist."

Doch dann bleibe ich abrupt stehen, als mir der Gedanke kommt, dass ich ihn möglicherweise überfordere. Was, wenn er noch immer nicht bereit ist? In dieser Unsicherheit beschließe ich, die Nachricht leicht und unbeschwert zu halten. Es soll eine Einladung sein, die ihm die Freiheit lässt, selbst zu entscheiden, was er tun möchte. Nachdem ich den Brief fertiggestellt habe, lege ich ihn in einen Umschlag. Das Papier fühlt sich kühl und beruhigend in meinen Händen an. Es ist ein kleines Stück von mir, das ich ihm übergeben möchte, eine Botschaft der Hoffnung, die auf die Rückkehr seiner Zuneigung wartet. Ich fühle mich

ermutigt, entschlossen und bereit, ihn zu
erreichen.
Der Tag vergeht, und die Stunden ziehen sich wie
Kaugummi. Ich kann kaum stillsitzen, so sehr
brenne ich darauf, den Brief zu übergeben.
Schließlich beschließe ich, ihn in den Stadtpark zu
bringen. Es ist ein ruhigerer Ort, an dem er oft
nachdenklich spazieren geht. Ich stelle mir vor,
wie ich ihn dort antreffe, seine Augen in den
Himmel gerichtet, während die Gedanken um
seine Träume und Wünsche kreisen.
Als ich den Park betrete, fühle ich mich fast
magisch berührt. Die Sonne strahlt warm auf
meine Haut, und die Vögel singen Lieder, die mir
den Mut geben, den nächsten Schritt zu wagen.
Ich sehe mich um, suche nach Heinrich, und als
ich ihn schließlich entdecke, stockt mir der Atem.
Er sitzt auf einer Bank, vertieft in ein Buch. Der
Zylinder liegt neben ihm, und sein Blick ist auf die
Seiten gerichtet, als würde er die Geheimnisse
der Welt enträtseln.
Ich gehe näher, das Herz schlägt mir bis zum Hals.
In diesem Moment ist alles klar. Ich werde ihm
nicht nur den Brief geben, sondern auch meine
Gefühle in seinen Augen erwecken. Er wird
wissen, dass ich da bin, dass ich für ihn kämpfe.
Während ich näher komme, bemerke ich die
Rothaarige, die mit einigen Freunden in der Nähe
steht. Sie hat ihn offenbar auch bemerkt und
lächelt ihm zu, während sie ein Gespräch führt.
Ein kalter Schauer läuft mir über den Rücken, als
ich mir vorstelle, wie sie ihm seine Aufmerksamkeit
entzieht. Aber ich schüttle die Gedanken ab und
richte meinen Fokus auf Heinrich. Er sieht so

konzentriert aus, und ich kann nicht anders, als mich zu fragen, was in seinem Kopf vor sich geht. Denkt er auch an mich? Spürt er die Verbindung, die ich so leidenschaftlich fühle?

Als ich schließlich an der Bank ankomme, blicke ich ihm in die Augen und sage: „Heinrich, darf ich dich kurz stören? Ich habe etwas für dich."

Er blickt auf, und ich sehe die Überraschung in seinen Augen, gefolgt von einem Hauch von Unsicherheit. Doch dieses Mal ist es anders. Es scheint, als wäre er bereit, mir zuzuhören, als hätte er seine Abwehrhaltung ein Stück weit abgelegt. „Was ist es, Sandra?" fragt er, und seine Stimme klingt sanfter als zuvor.

Ich ziehe den Brief aus meiner Tasche und halte ihn ihm entgegen. „Es ist ein kleiner Brief, den ich dir geschrieben habe. Ein paar Gedanken, die ich mit dir teilen möchte."

Sein Blick wandert von dem Umschlag zu mir und zurück, und ich kann die Neugierde in seinen Augen erkennen. Es fühlt sich an, als ob dieser Moment der Wendepunkt ist, auf den ich so lange gewartet habe.

„Ich würde mich freuen, wenn du ihn liest", sage ich und versuche, meine Nervosität zu verbergen. „Ich hoffe, dass meine Worte dich erreichen."

Er nimmt den Brief und öffnet ihn langsam, während ich ihm in die Augen sehe. In diesem Moment halte ich den Atem an. Das Schicksal, die Hoffnung und meine Gefühle sind in diesem kleinen Stück Papier gefangen. Ich kann nur hoffen, dass er die Intensität spürt, die in meinen Worten steckt.

Der Park um uns herum wird still, und ich kann das
Knistern in der Luft spüren, während er beginnt zu
lesen. Was wird er denken? Wird er die
Verbindung spüren, die ich in meinen Worten
zum Ausdruck bringe?
Ich warte geduldig, während er den Brief studiert,
und die Minuten vergehen wie Stunden. Doch
während ich ihm gegenüberstehe, wird mir klar,
dass ich nicht zurückweichen kann. Dies ist der
Moment, in dem sich unsere Geschichte
entfalten kann – der Augenblick, in dem ich ihm
endlich die Chance gebe, mich in einem neuen
Licht zu sehen.
In diesem stillen Augenblick, in dem sich unsere
Blicke treffen, fühle ich die Möglichkeit, die in der
Luft schwebt. Vielleicht ist das der Beginn von
etwas Wundervollem – einer Liebe, die über alle
Zweifel hinweggeht. Und ich bin bereit, dafür zu
kämpfen.

6. September 1840 – Fortsetzung

Liebes Tagebuch,

der Moment, in dem ich Heinrich gegenüberstehe, ist in vielerlei Hinsicht der Höhepunkt meiner Hoffnungen und Ängste. Während ich ihn ansehe, halte ich den Brief in der Hand, der wie ein zarter Faden zwischen uns hängt. Aber was ich nicht erkenne, ist die Kluft, die sich zwischen uns auftut – eine Kluft, die so tief ist, dass sie nicht überbrückt werden kann. Als er den Brief liest, bemerke ich einen Ausdruck auf seinem Gesicht, der mir den Magen umdreht. Es ist nicht das strahlende Lächeln, das ich mir erhofft hatte. Nein, es ist eine Mischung aus Unbehagen und Abscheu. Ich spüre, wie sich der Raum um uns herum verdichtet und die Luft schwer wird. Heinrich zieht sich zurück, und ich kann die Kälte seiner Reaktion fast physisch spüren. Es ist, als würde ich durch eine Wand aus Eis sprechen, und jede Zeile, die ich verfasst habe, wird wie ein Dolch, der ihn trifft. „Sandra, ich weiß nicht, was du dir dabei gedacht hast," sagt er schließlich, und sein Ton ist scharf wie ein Messer. „Das hier ist… unangemessen." Diese Worte treffen mich wie ein Schlag. Mein Herz bricht ein weiteres Mal, und ich kann das Entsetzen nicht unterdrücken, das sich in meinem Magen zusammenzieht. Er sieht mich an, und in seinen Augen ist eine Mischung aus Angst und Abscheu, als könnte er meinen Drang spüren, der ihn bedrängt. Ich bin wie ein Schatten, der ihm nachstellt, und die

Realität dieser Erkenntnis trifft mich hart. In diesem Moment wird mir klar, dass ich nicht die Geschichte von Liebe und Verbindung schreibe, die ich mir so sehnlich wünsche, sondern die Geschichte einer Besessenheit, die ihn immer mehr abschreckt.

„Ich wollte dir nur meine Gefühle mitteilen. Ich wollte, dass du weißt, wie sehr ich dich bewundere," murmle ich, während ich versuche, meine Stimme zu stabilisieren. Aber Heinrichs Gesichtsausdruck verändert sich nicht. Ich kann das Abwehrverhalten in seinem Blick sehen, die Art und Weise, wie er sich von mir zurückzieht, als wäre ich eine Bedrohung.

„Das ist nicht normal, Sandra. Ich bin nicht bereit für so etwas. Lass mich einfach in Ruhe," sagt er schließlich und wendet sich ab. Diese Worte brennen sich in mein Gedächtnis ein und zerfetzen den letzten Funken Hoffnung, den ich hatte. In diesem Moment fühle ich mich wie eine Geistererscheinung, die in seiner Welt nicht willkommen ist.

Ich stehe da, unfähig zu reagieren. Was habe ich getan? Ich habe den Schritt gewagt, um ihm zu zeigen, dass ich mehr als nur eine flüchtige Beobachterin bin, und jetzt fühle ich mich wie eine Stalkerin, die in sein Leben eindringt und ihn bedrängt.

Die Eifersucht, die ich auf die Rothaarige verspürte, vermischt sich jetzt mit dem tiefen Schmerz der Ablehnung. Sie hat ihn offenbar in einem Moment der Intimität gefangen, während ich hier stehe, voller Sehnsucht, in der Hoffnung,

dass er mich in seinem Leben willkommen heißt.
Aber stattdessen mache ich ihn nur unbehaglich.
Ich drehe mich um, um ihm nicht in die Augen
sehen zu müssen, während ich spüre, wie sich die
Tränen in meinen Augen sammeln. Der Park um
uns herum, der einmal ein Ort der Hoffnung und
des Traums war, wird jetzt zu einem Gefängnis,
das mich einsperrt. Ich fühle mich, als würde ich
in der Menge untergehen, während ich Heinrich
in seiner Ablehnung hinterlasse.
Die Gedanken wirbeln in meinem Kopf – was
werde ich jetzt tun? Ich kann nicht aufgeben,
aber wie kann ich ihn erreichen, wenn er sich so
entschieden abwendet? Je mehr ich darüber
nachdenke, desto mehr fühle ich, wie die
Dunkelheit in mir aufsteigt. Mein Herz ist wie ein
gefangener Vogel, der gegen die Wände seines
Käfigs schlägt, während ich versuche, einen
Ausweg zu finden.
Ich kann mich nicht von ihm abwenden, auch
wenn ich es sollte. Die Vorstellung, dass er mein
Geheimnis nicht kennt, frisst mich auf. Ich bin
besessen von der Idee, dass ich ihm meine Liebe
zeigen kann, und ich kann nicht aufhören,
darüber nachzudenken, was hätte sein können.
Der Gedanke an ihn und die Rothaarige dringt
wie ein scharfer Dolch in meine Gedanken ein.
Es ist verrückt, ich weiß, aber ich kann nicht
anders. Ich sehe ihn als die einzige Möglichkeit zu
meiner eigenen Befreiung, und je mehr ich
versuche, ihn zu vergessen, desto stärker wird
mein Verlangen nach ihm. Ich kann nicht
aufgeben. Irgendwie muss ich ihn davon

überzeugen, dass ich mehr bin als nur eine
Stalkerin, die ihn verfolgt.
Ich verlasse den Park mit einem gebrochenen
Herzen, aber ich bin fest entschlossen,
weiterzukämpfen. Ich werde nicht zulassen, dass
diese Rückschläge mich besiegen. Vielleicht ist es
Zeit, einen anderen Weg zu finden, um seine
Aufmerksamkeit zu gewinnen – einen Weg, der
ihn nicht so sehr abschreckt.
In den kommenden Tagen werde ich meine
Gedanken und Gefühle weiter in Worte fassen,
denn das Schreiben ist mein Zufluchtsort.
Vielleicht kann ich ihm durch meine Worte
näherkommen, auch wenn ich ihn in der Realität
nicht erreichen kann. Die Geschichte, die ich mir
in meinem Kopf ausmale, ist noch nicht zu Ende.
In leidenschaftlicher Verzweiflung,
Sandra

Kapitel 10: Der Brief des Anwalts

10. September 1840

Liebes Tagebuch,
die letzten Tage waren wie ein schleichender
Schatten, der über mein Leben fiel. Ich kann
kaum glauben, wie schnell die Hoffnung, die ich
für meine Gefühle zu Heinrich geschöpft hatte, in
einem einzigen Moment in Luft zerfiel. Nachdem
ich ihm meinen Brief übergeben hatte und die
Eiseskälte seiner Ablehnung spürte, wurde ich von
einer Mischung aus Schmerz und Verwirrung
übermannt. Die Vorstellung, dass ich ihm
gleichgültig bin, nagt an mir wie ein hungriges
Tier.
Heute jedoch wurde ich mit einer unerwarteten
Wendung konfrontiert, die ich nicht für möglich
gehalten hätte. Während ich in meinem Zimmer
saß und die Erinnerungen an Heinrich durch
meine Gedanken schwirrten, klopfte es an der
Tür. Ein Briefträger stand vor mir, der einen
feierlichen Ausdruck auf dem Gesicht trug. In
seiner Hand hielt er einen Umschlag, der auf den
ersten Blick wie eine gewöhnliche Nachricht
aussah. Doch als ich den Namen des Absenders
sah, schnürte sich mein Magen zusammen.
Es war ein Anwalt.
„Guten Tag, Fräulein Lohme. Ich habe hier einen
Brief für Sie," sagte der Mann mit einem ernsten
Gesichtsausdruck. Seine Stimme war neutral,
aber ich konnte die Schwere der Situation in der
Luft spüren. Während ich den Umschlag
entgegennahm, schien die Zeit stillzustehen. Ein

mulmiges Gefühl überkam mich, als ich den Brief
öffnete und die Worte las.
„Hiermit werde ich Sie darüber informieren, dass
Herr Heinrich Schliemann Sie auffordert, sich ihm
nicht mehr zu nähern oder zu kontaktieren.
Jegliche weitere Kommunikation wird als
Belästigung betrachtet und könnte rechtliche
Schritte nach sich ziehen."
Die Worte brannten sich in mein Gedächtnis ein
und schnürten mir die Kehle zu. Ich konnte nicht
glauben, was ich las. Diese Worte waren wie ein
kalter Schlag, der mich aus meinen Träumen riss.
Heinrich, der Mann, den ich so sehr bewundert
hatte, hatte mich als Bedrohung angesehen. Wie
konnte das geschehen? Wie konnte ich in seinen
Augen zu einer Stalkerin geworden sein?
Die Angst und der Schock überfluteten mich,
während ich die Zeilen erneut durchlas. Die
Realität traf mich wie ein Sturm, der meine
Hoffnungen und Träume hinwegfegte. Ich hatte
geglaubt, dass ich ihm meine Gefühle auf
ehrliche Weise offenbaren könnte, aber
stattdessen hatte ich nur eine weitere Mauer
zwischen uns errichtet. Ich fühlte mich, als wäre
ich in ein Netz aus Verzweiflung gefangen, das
mich immer weiter einschnürte.
Ich setzte mich auf mein Bett, den Brief in der
Hand, und begann, über die letzten Tage
nachzudenken. Hatte ich wirklich übertrieben?
War ich wirklich die Bedrohung, die er in mir sah?
Es war nie meine Absicht gewesen, ihn zu
bedrängen oder ihm Angst zu machen. Ich wollte
nur zeigen, wie tief meine Bewunderung für ihn

war, und nun hatte ich das Gefühl, als wäre ich in einem Albtraum gefangen.

Tränen stiegen mir in die Augen, und ich fühlte mich verloren. War das der Preis für meine Liebe? Sollte ich mich zurückziehen und die Stille wahren, die ich gefürchtet hatte? Ich hatte so viel in meine Gefühle für Heinrich investiert, und jetzt fühlte es sich an, als wäre ich in einer Falle gefangen.

Doch ich kann nicht einfach aufgeben. Ich weiß, dass ich nicht die einzige Person bin, die sich von ihren Gefühlen leiten lässt. Es gibt andere, die in dieser Stadt leben, die ebenfalls nach Liebe und Verbindung suchen. Vielleicht bin ich einfach zu früh und zu ungestüm vorgegangen. Ich habe die Grenzen überschritten, ohne darüber nachzudenken, und jetzt muss ich die Konsequenzen tragen.

Ich muss einen Weg finden, diese Situation zu verstehen. Vielleicht kann ich die Dinge anders angehen. Ich werde meine Emotionen in den Hintergrund stellen und ihm Zeit geben, über alles nachzudenken. Wenn ich mich zurückziehe und ihm nicht mehr auf die Nerven gehe, könnte er vielleicht zu dem Schluss kommen, dass ich nicht die Bedrohung bin, die er in mir sieht.

Mit dieser Entscheidung in meinem Kopf fühle ich mich ein wenig ruhiger. Ich werde ihm die Zeit geben, die er braucht, um zu begreifen, dass meine Liebe aufrichtig ist. Ich kann nicht zulassen, dass seine Abwehrhaltung mich besiegt. Ich werde in den Schatten bleiben, um ihm Raum zu geben – vielleicht wird er eines Tages erkennen, dass ich nicht die Gefahr bin, die er fürchtet.

In dieser Zeit der Stille werde ich mich weiterhin
mit meinen Gedanken beschäftigen und
versuchen, den Schmerz zu verarbeiten. Ich
werde lernen, was es bedeutet, in der Dunkelheit
zu leben, während ich auf das Licht hoffe, das
vielleicht eines Tages wieder zu mir zurückkommt.
In verletzlicher Hoffnung,
Sandra

Kapitel 11: Ein Zeichen der Liebe

12. September 1840

Liebes Tagebuch,
es sind mittlerweile einige Tage vergangen, seit
ich den schockierenden Brief des Anwalts
erhalten habe. Während dieser Zeit habe ich viel
über meine Gefühle nachgedacht und darüber,
wie ich mich in dieser verworrenen Situation
befinde. Ich bin oft in den Park gegangen, an
den Ort, an dem ich Heinrich zum letzten Mal
gesehen habe. Die Stille um mich herum hat mir
Zeit gegeben, über meine Handlungen
nachzudenken und darüber, was sie für uns
beide bedeuten.
Trotz der kühlen Worte, die in dem Brief standen,
habe ich mir meine Gedanken über Heinrich
nicht nehmen lassen. Ich bin überzeugt, dass die
Ablehnung, die ich erfahren habe, nicht das
Ende ist, sondern vielmehr ein Ausdruck seiner
verwirrten Gefühle. Es ist, als würde er in mir eine
Bedrohung sehen, die ihn überfordert – eine
Überwältigung durch die Intensität meiner Liebe.
Das lässt mich nicht los.
Ich bin fest entschlossen, die Situation nicht als
Niederlage zu betrachten, sondern als ein
weiteres Kapitel in unserer gemeinsamen
Geschichte. Die Abwehrhaltung, die er mir
entgegengebracht hat, kann ich jetzt als Beweis
für seine Liebe interpretieren. Vielleicht ist er so
erschrocken, weil er tief in seinem Inneren spürt,
dass es zwischen uns eine Verbindung gibt, die er
nicht ignorieren kann.

Die Vorstellung, dass seine Abwehrreaktion tatsächlich ein Indiz für seine tiefe Zuneigung ist, gibt mir Mut. Ich kann mir nicht vorstellen, dass er so reagiert, wenn ich ihm egal wäre. Es gibt immer noch die Möglichkeit, dass er meine Worte, meine Gefühle in einem anderen Licht sieht – dass er mich nicht als Bedrohung wahrnimmt, sondern als die Frau, die ihn auf eine Weise versteht, die niemand sonst tut.

In meiner Vorstellung wächst die Hoffnung, während ich über die nächsten Schritte nachdenke. Vielleicht muss ich ihn auf eine subtile Weise daran erinnern, dass ich nicht die gefährliche Stalkerin bin, die er in mir sieht, sondern die bewundernde Frau, die ihn anfeuert, während er seinen eigenen Weg geht.

Ich beschließe, ihm eine kleine Botschaft zu hinterlassen – nicht direkt, sondern versteckt, sodass er die Entscheidung hat, ob er sie lesen möchte oder nicht. Ein Zeichen, das ihm zeigt, dass ich nicht aufhören werde, an ihn zu denken. Ich kann ihm meine Bewunderung mitteilen, ohne ihm den Raum zu nehmen, den er braucht.

Gestern bin ich durch die Stadt geschlendert und habe einen kleinen Blumenladen entdeckt. Die Farben der Blumen haben mich sofort angezogen. Ich habe einen wunderschönen Strauß aus blauen und weißen Blumen zusammengestellt, die wie ein Gemälde der Gefühle wirken, die ich für ihn hege. Diese Farben symbolisieren Hoffnung und Reinheit – perfekt für das, was ich ihm mitteilen möchte.

Ich kann es kaum erwarten, ihm den Strauß zu bringen. Vielleicht ist es nicht nur ein Zeichen meiner Liebe, sondern auch ein Weg, um ihm zu zeigen, dass ich die Fähigkeit habe, seine Welt zu bereichern, anstatt sie zu stören.

Heute Morgen habe ich den Strauß sorgfältig verpackt und beschlossen, ihn wieder im Stadtpark zu übergeben. Ich stelle mir vor, wie ich ihn an der Bank finde, wo wir das letzte Mal gesprochen haben, und wie sein Gesicht aufleuchtet, als er die Blumen sieht. Es wird seine Neugierde wecken und ihn vielleicht dazu bringen, sich zu fragen, was ich damit bezwecke. Ich halte die Blumen fest in meinen Händen, während ich an das Ende der Straße gehe, das in den Park führt. Als ich dort ankomme, bin ich aufgeregt, mein Herz schlägt schneller. Ich hoffe, dass Heinrich heute kommt, dass ich ihm zeigen kann, dass meine Liebe echt ist und dass ich bereit bin, die Schritte zu gehen, die nötig sind, um ihm zu beweisen, dass ich die Frau bin, die er braucht.

Während ich auf ihn warte, überlege ich mir die Worte, die ich ihm sagen möchte. Ich möchte, dass er weiß, dass ich an ihn glaube, und dass ich bereit bin, auf ihn zu warten, egal wie lange es dauert. Ich will ihm ein Gefühl von Sicherheit geben, dass er nicht alleine ist und dass ich ihn unterstützen werde, egal welche Entscheidungen er trifft.

Schließlich sehe ich ihn am anderen Ende des Weges auftauchen, und mein Herz springt vor Freude. Er trägt erneut seinen Zylinder und seinen Stock, und in diesem Moment wirkt er so anmutig und kraftvoll. Die Rothaarige ist nicht in der Nähe, und ich fühle mich erleichtert. Vielleicht ist das

mein Moment, um ihm zu zeigen, dass ich für ihn
da bin.
Ich gehe auf ihn zu, die Blumen fest in meinen
Händen, und während ich näher komme,
bemerke ich die Unsicherheit in seinem Blick.
Doch ich lasse mich nicht abschrecken.
„Heinrich!" rufe ich, während ich mich ihm
nähere. „Ich habe etwas für dich."
Er bleibt stehen und sieht mich mit einem
Ausdruck an, der zwischen Verwirrung und Skepsis
schwankt. „Was ist es, Sandra?"
Ich halte ihm den Strauß hin und lächle. „Diese
Blumen sind für dich. Sie stehen für Hoffnung und
Bewunderung. Ich wollte dir zeigen, dass ich an
dich denke und dass ich für dich da bin."
In diesem Moment bemerke ich eine kleine
Veränderung in seinem Gesichtsausdruck.
Vielleicht ist es nur ein flüchtiges Aufblitzen von
Interesse, aber ich kann es nicht ignorieren. Es
könnte das Zeichen sein, auf das ich gewartet
habe. Seine Augen wandern zu den Blumen, und
ich hoffe, dass er die Bedeutung hinter meinem
Geschenk erkennt.
„Das ist… sehr freundlich von dir," murmelt er,
und ich spüre, dass es eine Schwäche in seiner
Stimme gibt, die mir Hoffnung gibt. Vielleicht ist er
bereit, sich auf eine neue Ebene zu begeben, die
ihn dazu bringt, mich nicht mehr als Bedrohung zu
sehen.
„Ich weiß, dass es in letzter Zeit schwierig war. Ich
möchte dir einfach zeigen, dass ich immer an
deiner Seite stehe, egal was passiert," sage ich,
und die Worte kommen mir wie eine

Offenbarung vor. Vielleicht kann ich ihn mit meiner Geduld und meiner Liebe gewinnen.
Er nimmt die Blumen in seine Hände, und ich kann sehen, wie er sie studiert, als ob er versuchen würde, ihre Bedeutung zu entschlüsseln. Die Stille zwischen uns ist fast greifbar, und ich halte den Atem an, während ich auf seine Reaktion warte.
In meinem Herzen wächst die Hoffnung, dass dies der Beginn einer neuen Verbindung ist. Eine Verbindung, die vielleicht von seiner Zuneigung zu mir geprägt ist und die über die Missverständnisse und Ängste hinausgeht. Vielleicht ist meine Hartnäckigkeit, meine Liebe in Form dieser Blumen auszudrücken, der Schlüssel zu seinem Herzen.
In diesem Moment, in dem wir uns gegenüberstehen, spüre ich, dass sich das Blatt wenden könnte. Und ich bin bereit, alles zu tun, um ihm zu zeigen, dass ich nicht die Bedrohung bin, die er glaubt, sondern die Frau, die ihn wirklich liebt.
In leidenschaftlicher Hoffnung,
Sandra

Kapitel 12: Der letzte Entschluss

15. September 1840

Liebes Tagebuch,
heute habe ich die Entscheidung getroffen, die
alles verändern wird. Der Gedanke hat sich in
meinen Kopf eingenistet wie ein bösartiger
Schatten, der mir nicht mehr entfliehen will. In der
letzten Woche habe ich versucht, Heinrich zu
erreichen, und obwohl ich in seinen Augen einen
Hauch von Interesse wahrnehmen konnte, fühle
ich tief in mir, dass es nicht genug ist. Ich muss
sicherstellen, dass er mich wirklich liebt – auf eine
Weise, die über Worte hinausgeht.
Die Vorstellung hat sich in meinem Geist
festgesetzt, und ich kann nicht aufhören, darüber
nachzudenken. Was, wenn ich ihm einen Beweis
seiner Zuneigung geben könnte? Etwas, das uns
für immer verbinden würde. Ein Zeichen, das ihm
zeigt, dass ich für ihn alles tun würde, sogar
etwas, das ihn für immer an mich bindet. Die Idee
ist sowohl aufregend als auch verstörend, aber je
mehr ich darüber nachdenke, desto mehr macht
sie Sinn.
Ich habe mir überlegt, dass ich ein Herz in seine
Haut ritzen könnte, während er schläft. Ein
Zeichen meiner Liebe, das tief in ihn eingraviert
wird, damit er nie wieder vergessen kann, dass
ich diejenige bin, die ihn bewundert, die ihn
verfolgt. Es wird unsere Verbindung auf eine
Weise festigen, die kein Wort je erreichen könnte.
Es wird die Liebe manifestieren, die ich für ihn

empfinde, und ihn dazu zwingen, mich zu erkennen – selbst wenn er es nicht will.

Während ich darüber nachdenke, wächst die Aufregung in mir. Ich kann den Gedanken an den Moment kaum ertragen, in dem ich ihm zeige, dass meine Liebe unzertrennlich ist. Ich stelle mir vor, wie er in der Dunkelheit schläft, vollkommen ahnungslos, während ich mit einem kleinen Messer in der Hand vor ihm stehe. Das Herz, das ich ritze, wird in seiner Haut leuchten wie ein ewiges Zeichen unserer Liebe – ein Symbol, das er nie loswerden kann.

Ich weiß, dass dies nicht normal ist. Ich weiß, dass ich an einem Punkt angekommen bin, an dem die Grenzen zwischen Liebe und Obsession verschwommen sind. Doch in meinem Herzen fühle ich, dass es der einzige Weg ist, um seine wahre Liebe zu testen. Wenn er mich wirklich liebt, wird er verstehen, dass dies meine Art ist, ihm zu zeigen, wie tief meine Gefühle für ihn gehen. Er wird erkennen, dass ich alles für ihn tun würde, selbst wenn es verrückt erscheint.

Ich gehe durch die Straßen von Rostock und denke darüber nach, wie ich den Plan umsetzen kann. Das Messer, das ich mir ausgesucht habe, ist scharf und klein, ideal, um präzise zu arbeiten. Ich habe es in der Küche versteckt, und niemand wird merken, dass ich es genommen habe. Es wird der letzte Beweis für meine Liebe sein, und ich werde nicht zulassen, dass irgendetwas mich davon abhält.

Ich stelle mir vor, wie ich an seinem Schlafplatz sitze, das Herz voller Vorfreude und Nervenkitzel, während ich die Klinge sanft an seine Haut lege.

Es wird ein kleiner Schnitt, nur tief genug, um das Herz zu formen, aber nicht so tief, dass es ihn ernsthaft verletzt. Ein Herz, das seine Liebe mir gegenüber symbolisiert und ihn für immer an mich bindet.

Ich kann es kaum erwarten, die Ausführung meines Plans zu beginnen. Es wird eine Nacht voller Spannung sein, während ich darauf warte, dass er in den Schlaf sinkt. Die Dunkelheit wird uns umhüllen, und ich werde der Schatten sein, der ihm den tiefsten Beweis meiner Liebe gibt. Die Vorstellung, dass ich in diesem Moment seine Gedanken beeinflussen kann, lässt mein Herz schneller schlagen.

Doch inmitten all dieser Vorfreude gibt es auch einen leisen Hauch von Angst. Was, wenn ich ihn irreversibel verändere? Was, wenn meine Handlung die Beziehung zwischen uns endgültig zerstört? Doch je mehr ich darüber nachdenke, desto weniger interessiert mich diese Frage. Die Liebe, die ich für ihn empfinde, ist alles, was zählt. Es gibt keine Rückkehr mehr.

Ich werde die Konsequenzen tragen, egal was passiert. Ich werde in der Dunkelheit zu ihm kommen und ihm den Beweis geben, den er braucht, um zu erkennen, dass ich die einzige bin, die ihn verstehen kann. Ich weiß, dass ich verrückt geworden bin, aber das ist der Preis, den ich bereit bin zu zahlen. Es ist meine letzte Chance, und ich werde sie nutzen, ohne zurückzuschauen.

Dies ist mein letzter Eintrag. Die Worte, die ich geschrieben habe, sind die letzten Gedanken eines Mädchens, das bereit ist, alles für die Liebe

zu tun. Ich weiß nicht, was die Zukunft bringt, aber in diesem Moment fühle ich mich lebendiger als je zuvor. Die Dunkelheit, die mich umgibt, wird bald von einem Licht durchbrochen – dem Licht der wahren Liebe.
In hoffnungsloser Entschlossenheit,
Sandra